망향

김상용 지음

한국 시집 초간본 100주년 기념판 — 하늘

망향

일러두기

1. 이 책의 텍스트는 1939년 5월 1일에 발행된 『망향』의 초간본이다.
2. 표기는 원칙적으로 현행 맞춤법에 따랐다. 그러나 특별한 시적 효과와 관련된다고 판단되는 경우는 원문의 표기를 그대로 두었다.
3. 한자는 한글로 고치되 꼭 필요한 경우는 괄호 처리 하였다.
4. 편자 주는 후주로 처리하였다.
5. 한 편의 시가 다음 면으로 이어질 때 연이 나뉘면 첫 번째 행 상단에 줄 비움 기호(>)를 넣어 구분하였다.

내 생의 가장 진실한 느꺼움을 여기 담는다.
—김상용

남으로 창을 내겠소

남으로 창을 내겠소
밭이 한참갈이
괭이로 파고
호미론 풀을 매지요

구름이 꼬인다 갈 리 있소
새 노래는 공으로 들으려오
강냉이가 익걸랑
함께 와 자셔도 좋소

왜 사냐건
웃지요.

서글픈 꿈

뒤로 산
숲이 둘리고
돌 새에 샘 솟아 작은 내 되오.

들도 쉬고
잿빛 멧부리의
꿈이 그대로 깊소.

폭포는 다음 골에 두어
안개인 양 〈정적〉이 잠기고……
나와 다람쥐 인(印) 친 산길을
넝쿨이 아섰으니
나귀 끈 장꾼이
찾을 리 없소.

〈적막〉 함께 끝내
낡은 거문고의

줄이나 고르려오.

긴 세월에게
추억마저 빼앗기면

풀잎 우는 아침
혼자 가겠소.

노래 잃은 뻐꾹새

나는 노래 잃은 뻐꾹새
봄이 어른거리건
사립을 닫으리라.
냉혹한 무감(無感)을
굳이 기원한 마음이 아니냐.

장밋빛 구름은
내 무덤 쌀 붉은 깁이어니*
이러해 나는
소라같이 서러워라.

〈때〉는 짓궂어
꿈 심겼던 터전을
황폐의 그늘로 덮고……

물 긷는 처녀 돌아간
황혼의 우물가에
쓸쓸히 빈 동이는 놓였다.

반딧불

너는 정밀(靜謐)의 등촉(燈燭)
신부 없는 동방(洞房)에 잠그리라

부러워하는 이도 없을 너를
상징(象徵)해 왜 내 맘을 빚었던지

헛고대의 밤이 가면
설운 새 아침
가만히 네 불꽃은 꺼진다.

괭이

넓적 무투룩한 쇳조각, 너 괭이야
괴로움을 네 희열로
꽃밭을 갈고,
물러와 너는 담 뒤에 숨었다.

이제 영화의 시절이 이르러
봉오리마다 태양이 빛나는 아침,
한마디의 네 찬사 없어도,
외로운 행복에
너는 홀로 눈물지운다.

포구

슬픔이 영원해
사주(沙洲)에 물결은 깨어지고
묘막(杳漠)한* 하늘 아래
고할 곳 없는 여정이 고달파라.

눈을 감으니
시각이 끊기는 곳에
추억이 더욱 가엾고……

깜박이는 두세 등잔 아래엔
무슨 단란(團欒)의 실마리가 풀리는지……

별이 없어 더 서러운
포구의 밤이 샌다.

기도

님의 품 그리워,
뻗으셨던 경건의 손길
거두어 가슴에 얹으심은
거룩히 잠그신 눈이
〈모습〉을 보신 때문입니다.

마음의 조각 1

허공에 스러질
나는 한 점의 무(無)로—

풀 밑 벌레 소리에,
생과 사랑을 느끼기도 하나

물거품 하나
비웃을 힘이 없다.

오직 회의(懷疑)의 잔을 기울이며
야윈 지축을 서러워하노라.

마음의 조각 2

임금 껍질만 한 열정이나 있느냐?
〈죽음〉의 거리여!

썩은 진흙 골에서
그래도 샘 찾는 몸이 될까

마음의 조각 3

고독을 밤새도록 잔질하고* 난 밤,
새 아침이 눈물 속에 밝았다.

마음의 조각 4

달빛은
처녀의 규방으로 들거라.
내 넋은
암흑과 짝진 지도 오래거니 —

마음의 조각 5

향수(鄕愁)조차 잊은 너를
또야 부르랴?
오늘부턴
혼자 가련다.

마음의 조각 6

오고 가고
나그네 일이오

그대완 잠시
동행이 되고.

마음의 조각 7

사랑은 완전을 기원하는 맘으로
결함을 연민하는 향기입니다.

마음의 조각 8

생의 〈길이〉와 〈폭〉과 〈무게〉 녹아,
한낱 구슬이 된다면
붉은 〈도가니〉에 던지리라.

심장의 피로 이루어진
한 구의 시가 있나니 —

〈물〉과 〈하늘〉과 〈님〉이 버리면
외로운 다람쥐처럼
이 보금자리에 쉬리로다.

황혼의 한강

〈고요함〉을 자리인 양 편 〈흐름〉 위에
식은 심장같이 배 한 조각이 떴다.

아 — 긴 세월, 슬픔과 기쁨은 씻겨 가고
예도 이젠 듯 하늘이 저기에 그문다.*

한잔물

목마름 채우려던 한 잔 물을
땅 위에 엎질렀다.

너른 바다 수많은 파두(波頭)*를 버리고
하필 내 잔에 담겼던 물.

어느 절벽 밑 깨어진 굽이인지*—
어느 산모루 어렸던 구름의 조각인지—
어느 나뭇잎 위에
또 어느 꽃송이 위에
내려졌던 구슬인지—
이름 모를 골을 내리고
작고 큰 돌 사이를 지난 나머지
내 그릇을 거쳐
물은 제 길을 갔거니와……

허젓한 마음

그릇의 빔만을 남긴
아 — 애달픈 추억아!

눈 오는 아침

눈 오는 아침은
가장 성스러운 기도의 때다.

순결의 언덕 위
수묵빛 가지 가지의
이루어진 솜씨가 아름다워라.

연기는 새로 탄생된 아기의 호흡
닭이 울어
영원의 보금자리가 한층 더 다스하다.

어미소(미완고〔未完稿〕)

산성 넘어 새벽드리* 온 길에
자욱 자욱 새끼가 그리워
슬픈 또 하루의 네 날이
내(煙) 낀 거리에 그무는도다.

바람 한숨짓는 어느 뒷골목
네 수고는 서푼에 팔리나니
눈물도 잊은 네 침묵의 인고 앞에
교만한 마음의 머리를 숙인다.

푸른 초원에 방만하던 네 조상
맘 놓고 마른 목 축이던 시절엔
굴레 없는 씩씩한 얼굴이
태초 청류(淸流)에 비추인 일도 있었거니……

추억

걷는 수음(樹陰) 밖에
달빛이 흐르고,

물에 씻긴 수정같이
내 애상이 호젓하다.

아— 한 조각 구름처럼
무심하던들
그 저녁의 도성(濤聲)이 그리워
이 한밤을 걸어 새기야 했으랴?

새벽별을 잊고

새벽별을 잊고
산국(山菊)의 〈맑음〉이 불러도
겨를 없이
길만을 가노라.

길!
아—먼 진흙 길

머리를 드니
가을 석양에
하늘은 저러히 멀다.

높은 가지의
하나 남은 잎새!

오랜만에 본
그리운 본향(本鄕)아.

물고기 하나

웅덩이에 헤엄치는 물고기 하나
그는 호젓한 내 심사에 길렸다.

돌 새, 너겁* 밑을 갸웃거린들
지난밤 져버린 달빛이
허무로이 여직 비칠 리야 있겠니?

지금 너는 또 다른 웅덩이로 길을 떠나노니
나그네 될 운명이
영원 끝날 수 없는 까닭이냐

굴뚝 노래

맑은 하늘은 새 님이 오신 길!
사랑같이 아침 별 밀물 지고
에트나의 오만한 포즈가
밉도록 아름져 오르는 흑연(黑煙)
현대인의 뜨거운 의욕이로다.

자지러진 로맨스의 애무를
아직도 나래 밑에 그리워하는 자여!
창백한 꿈의 신부는
골방으로 보낼 때가 아니냐?

어깨를 뻗대고 노호하는
기중기의 팔대가
또 한 켜 지층을 물어뜯었나니……
히말라야의 추로(墜路)를 가로막은 암벽의
심장을 화살한 장철(長鐵)*
그 위에 〈메〉가 내려

승리의 작열이 별보다 찬란하다.

동무야 네 위대한 손가락이
하마 깡깡이의 낡은 줄이나 골라 쓰랴?
천공기(穿孔器)의 한창 야성적인 풍악을
우리 철강(鐵鋼) 위에 벌여 보자
오 우레 물결의 포효 지심(地心)이 끓고
창조의 환희! 마침내 넘치노니
너는 이 심포니의 다른 한 멜로디로
흥분된 호박빛 세포 세포의
화려한 향연을 열지 않으려느냐?

향수(鄕愁)

인적 끊긴 산속
돌을 베고
하늘을 보오.

구름이 가고,
있지도 않은 고향이 그립소.

가을

달이 지고
귀뚜리 울음에
내 청춘에 가을이 왔다.

나

나를 반겨함인가 하여
꽃송이에 입 맞추면
전율할 만치 그 촉감은 싸늘해 —

품에 있는 그대로
이해(理解) 저편에 있기로
〈나〉를 찾을까?

그러나 기억과 망각의 거리
명멸하는 수없는 〈나〉의
어느 〈나〉가 〈나〉뇨.

태풍

〈죽음〉의 밤을 어지르고
문을 두드려 너는 나를 깨웠다.

어지러운 병마(兵馬)의 구치(驅馳)
창검의 맞부딪침,
폭발, 돌격!
아—저 포효와 섬광!

교란과 혼돈의 주재(主宰)여
꺾이고 부서지고,
날리고 몰려와
안일을 향락하던 질서는 깨진다.

새싹 자라날 터를 앗아
보수와 조애(阻碍)의 추명(醜名) 자취(自取)하던
어느 뫼의 썩은 등걸을
꺾고 온 길이냐.

>

풀뿌리, 나뭇잎, 뭇 오예(汚穢)로 덮인
어느 항만(港灣)을 비질하여
질식에 숨지려던 물결을
일깨우고 온 길이냐.

어느 진흙 쌓인 구렁에
소낙비 쏟아부어
중압에 울던 단 샘을
웃겨 주고 온 길이냐.

파괴의 폭군!
그러나 세척과 갱신의 역군아,
세차게 팔을 둘러
허섭스레기의 퇴적을 쓸어 가라.

상인(霜刃)으로 심장을 헤쳐
사특, 오만, 미온(微溫), 순준(巡逡) 에어 버리면

순진과 결백에 빛나는 넋이
구슬처럼 새 아침에 빛나기도 하려니……

*

12쪽 원문에는 〈깊이어니〉로 되어 있으나 〈비단〉을 뜻하는 〈깁〉의 오식으로 보인다.

15쪽 〈묘막한〉은 〈광막한〉과 같은 말로 〈아득하게 넓은〉이라는 뜻이다.

19쪽 〈잔질하다〉는 잔을 연거푸 기울이는 모습이다.

25쪽 〈그문다〉는 〈어둑어둑해지다〉라는 뜻으로 보인다.

26쪽 〈파두〉는 〈물마루〉의 뜻이다.
〈굽이인지〉는 원문에 〈굽이런지〉로 되어 있는데 바른 표기법은 〈굽이일는지〉이다. 글자 수와 의미를 고려하여 〈굽이인지〉로 표기했다.

29쪽 〈새벽드리〉는 〈새벽이 되도록〉이라는 뜻이다.

32쪽 〈너겁〉은 〈괴어 있는 물에 몰려 떠 있는 지푸라기 따위의 검불〉 혹은 〈돌이나 바위 따위가 놓여 생긴 틈〉의 두 가지 뜻 중 하나로 쓰인 것으로 보인다.

33쪽 〈장철〉은 〈철도 레일〉을 뜻한다.

해설

김상용과 『망향』

월파 김상용은 1902년 경기도 연천군에서 김기환의 장남으로 태어났다. 시조 시인 김오남은 그의 누이동생이다. 부친은 한의사로서 약상을 경영하는 한편, 1만여 평의 농지를 소유한 지주였다. 김상용은 1917년 경성제일고등보통학교에 입학하였다. 3·1 운동 당시 학생 운동에 가담하였으며, 이 때문에 경성제일고등보통학교에서 제적되었다. 그는 다시 보성고등보통학교에 입학하여 1921년 졸업했다. 1922년 일본에 건너가 릿쿄(入敎) 대학 예과에 입학했고 이어서 영문과에 진학하여 1927년에 졸업하였다. 졸업 후 귀국하여 보성고보와 이화여자전문학교 등에서 가르쳤다.

김상용은 1930년 『동아일보』에 시 「무상」과 「그러나 거문고의 줄은 없구나」 그리고 『신생』에 번역시를 발표하면서 본격적으로 문학 활동을 시작했다. 그리고 영문학자로서 외국 문학을 활발하게 번역·소개했다. 그러나 그의 시는 동양적인 정서가 바탕을 이루고 있다. 김상용의 시가 주목받기 시작한 것은, 1934년에 발표한 「남으로 창을 내겠소」를 비롯한 전원시풍의 시를 쓰면서부터였다. 1939년 문장사에서 시집 『망향』을 출간했다. 1943년 일제의 탄압으로 영문학 강의가 폐지되자 이화여전을 사직하고 종로 2가에서 장안화원(長安花園)을 경영하기도 했다.

1945년 해방을 맞아 강원도지사에 임명되었으나 곧바로 사임하고 이화여대 교수직을 맡았다. 1946년에는 미국의 보스턴 대학에서 수학했다. 1949년에는 귀국하여 이화여대에 복직하였으며 1950년 사회와 현실에 대한 풍자적 시각을 담은 수필집 『무하선생방랑기(無何先生放浪記)』를 수도문화사에서 간행하였다. 1950년 전쟁이 발발하고 서울이 함락되자 김상용은 숨어 지내다, 9·28 수복과 함께 당시 공보처장이던 김활란과의 인연으로 공보처 고문 겸 『코리아 타임즈』 사장으로 임명되었다. 1951년 피난지 부산에서 식중독에 걸려 사망하였다.

시집 『망향』은 김상용의 첫 시집이자 유일한 시집이다. 1939년 문장사에서 출간되었으며, 대표작 「남으로 창을 내겠소」 등 27편이 수록되어 있다. 정가는 1원 40전이다. 이 시집의 주된 내용은 자연에 대한 예찬과 전원 생활에 대한 동경이다. 김상용은 자연을 이상적인 공간으로 생각하고 그에 비추어 사물과 세상을 바라보고자 한다. 특히 그의 대표시 「남으로 창을 내겠소」는, 이백의 〈웃음으로 답하니 마음이 절로 한가하구나(笑而不答心自閑)〉란 시구를

빌려다 쓰고 있긴 하지만, 단순하고 순박한 상상력으로 전원 생활을 예찬한 명편이다. 이 작품은 우리 시사에서 대표적인 전원시로 꼽힐 만하다. 비평가 김환태는 「남으로 창을 내겠소」에 대해 평하면서 〈시인 김상용은 생을, 그리고 생에서 오는 느꺼움을 관조한다〉라고 말한 바 있다. 자연을 사랑하고 그 속에서 인생을 관조하며 유유자적하고자 하는 것은 동양의 오랜 전통이다. 「남으로 창을 내겠소」는 이러한 전통을 이어받은 단순 소박한 작품이다. 〈남(南)〉이란 밝고 건강한 이미지, 간결한 형식, 민요조의 단순하고 소박한 가락이 잘 어울려 시적 정감을 북돋우는 작품이다. 여기서 우리는 소박한 전원 생활에 만족하는, 편안하고 여유 있는 마음을 느낄 수 있다.

시집 『망향』의 많은 시들은 이처럼 자연에 순응하며 자연 속에서 소박하게 살아가는 삶을 통해 정신의 만족을 구하고자 한다. 「눈 오는 아침」이란 시에서는 눈 내리는 자연 풍경을 노래한다. 시인은 눈 오는 아침을 〈가장 성스러운 기도의 때〉라고 경건하게 예찬한다. 그리고 그 자연 풍경에 대하여 〈영원의 보금자리가 한층 더 다스하다〉라거나 〈수묵빛 가지 가지의 / 이루어진 솜씨가 아름다워라〉라고 말한다. 시인은 눈 오는 아침의 아름다운 풍경 속에서 거룩한 아름다움을 느끼고 영혼의 안식을 얻는다. 이러한 김상용의 시들은 자연과 전원에 대한 낭만적 동경의 가장 순수한 형태를 보여 준다고 할 수 있다.

그러나 『망향』의 시편들이 모두 유유자적한 마음의 평화로움을 보여 주는 것은 아니다. 자연을 노래하되 낭만적인 그리움과 우수 속에서 감상적인 체념과 허무의 태도를 나타내기도 한다. 또 자연과 더불어 소박하고 평화롭게 살아가지 못하는 삶에 대한 처연한 심사를 드러내거나 삶에 지친 마음을 노래하는 시도 여러 편 있다. 「노래 잃은 뻐꾹새」에서 시인은 〈나는 노래 잃은 뻐꾹새 / 봄이 어른거리건 / 사립을 닫으리라〉고 하면서 자폐적인 모습을 보여주기도 한다. 이 경우 시인은 서러움, 황폐함, 쓸쓸함 등의 시어를 빈번히 사용하여 자신의 심경을 드러낸다. 자연에 대한 관조와 여유보다는 삶의 허무 속에서 〈냉혹한 무감(無感)을 / 굳이 기원한 마음〉을 드러내기도 하는 것이다. 그의 시가 보여 주는 고향과 전원의 삶에 대한 예찬은 당대의 암울하고 냉혹한 현실에서 위안을 찾는 방식이라고 할 수도 있다. 마찬가지로 인생에 대한 허무나 짙은 감상을 보여 주는 시편들 역시 고달픈 식민지 시대를 살아가는 시인의 내면을 드러내는 한 방식이라고 할 수 있다.

『망향』에는 나그네인 화자의 허무나 여수를 보여 주는 시도 여러 편 있다. 가령 「포구」라는 시는 〈묘막(杳漠)한 하늘 아래 / 고할 곳 없는 여정(旅情)이 고달파라〉고 나그네의 여수를 표현하고 있다. 또 「물고기 하나」라는 시는 시적 대상인 물고기를 통해 〈나그네 될 운명〉의 영원히 끝날 수 없음을 노래하기도 한다. 이러한 시들 역시 그가 추구

하는 조화롭고 여유 있는 삶이 불가능한 현실에 정착하지 못하고 떠돌 수밖에 없는 자신의 심정을 토로한 것이라 볼 수 있을 것이다.

시집 『망향』은 과장된 수사나 모더니즘적 기교보다는 순수 서정의 직정적이고 소박한 어법을 사용하고 있다. 이러한 솔직 담백한 직정성은 그가 시집 서문에서 밝힌 바와 같이 〈생의 진실한 느꺼움〉을 담고자 하는 그의 시적 기질에서 비롯된 것으로 그의 시가 추구하는 자연 친화적 삶과 잘 어울린다. 자연을 예찬하고 자연에 의지하며 자연과 하나가 되는 삶을 노래한 그의 시들은, 때로 지나친 감상과 허무를 드러내기도 하지만, 그 단순하고 순박한 상상력과 자연적 삶이라는 주제가 잘 조화된 시세계를 보여 준다고 할 수 있다.

이남호(고려대학교 명예교수)

편자의 말

한국 현대시를 대표할 만한 시집들의 초간본을 다시 출간하는 일은 과거를 오늘에 되살리는 일이라기보다는 점점 과거 속으로 사라져 가는 것에 새로운 생명을 부여하여 여전히 오늘의 것이 되게 하는 일이라고 생각한다. 한국 현대시 100년의 역사는 많은 훌륭한 시집을 남겼다. 많은 훌륭한 시집들이 모여서 한국 현대시 100년의 풍요를 이루었다고 말할 수도 있다. 그러한 시집들을 계속 살아 있게 하는 일은 시를 사랑하는 사람의 의무일 것이다.

그러나 이러한 작업은 겉으로 드러나지 않는 수고와 신중함을 많이 요구한다. 첫째는 대표 시인을 선정하는 어려움이다. 수많은 시집들을 편견 없이 재검토해야 하는 수고도 수고지만, 선정과 배제의 경계에 있는 시집들에 대해서는 많은 망설임과 논의가 있어야 했다. 대표 시인 선정 작업이 높은 안목과 보편타당한 기준에 의해서 이루어졌는지는 시간을 두고 전문 독자들에 의해서 판단될 것이다.

두 번째 어려움은 표기에 관련된 것이다. 사실 20세기 전반기의 우리 출판과 한글 표기법의 수준은 보잘것없다.

맞춤법, 띄어쓰기, 행 가름, 연 가름 등에는 혼란스러운 곳이 많고 오식으로 보이는 부분들도 많다. 그것들은 오늘날의 독자들에게 혼란과 거북함을 줄 뿐만 아니라, 작품의 이해를 방해하기도 한다. 그리고 다른 지면에 인용될 때마다 표기가 달라지는 결과를 낳기도 한다. 근대 초기의 많은 문학 작품들을 오늘날의 표기법으로 잘 고쳐서 결정본을 확정 짓는 작업이 시급하다고 할 수 있다. 이러한 생각에서 시적 효과를 지나치게 훼손하지 않는 범위 안에서 표기를 오늘에 맞게 고쳤다. 그러나 시의 속성상 표기를 고치는 일은 조심스럽지 않을 수 없다. 단어 하나, 표현 하나마다 시적 효과와 현재의 표기법 그리고 일관성을 고려해서 번역 아닌 번역 작업을 해야 했다. 이러한 작업이 원문의 분위기를 어느 정도 훼손하는 것은 어쩔 수 없었다. 또 어떻게 고쳐야 할지 판단이 서지 않는 부분도 꽤 있었다. 어쩌면 표기와 관련해서 노력한 만큼의 성과를 얻지 못했는지도 모른다. 그러나 이러한 작업의 축적을 통해서 작품의 결정본을 만들어 나갈 수 있을 것이며, 또한 오늘의 독자에게 친숙한 작품이 될 수 있을 것이다.

초간본의 재출간 아이디어를 최초로 낸 사람은 열린책들의 홍지웅 사장이다. 그분의 남다른 문학 사랑과 출판 감각 그리고 이 작업에 대한 전폭적인 지원에 존경심을 표하고 싶다. 그리고 시집 선정과 표기 수정 및 기타 작업은 이혜원, 신지연, 하재연 선생과 팀을 이루어 했다. 이분들의 꼼꼼함과 성실함에도 존경심을 표하고 싶다. 이 총서가 문학 연구자들뿐만 아니라 일반 독자들에게도 널리 그리고 오래 사랑받기를 바란다.

이남호

한국 시집 초간본 100주년 기념판

망향

지은이 김상용 김상용은 1902년 경기도 연천에서 태어나 보성고등보통학교와 일본 릿쿄(立教) 대학 영문과에서 수학하였다. 1930년 『동아일보』에 시 「무상」, 『신생』에 번역시를 발표하면서 문학 활동을 시작했다. 1939년 발간한 시집 『망향』은 첫 시집이자 유일한 시집이다. 1951년 작고했다.

지은이 김상용 **책임편집** 이남호 **발행인** 홍예빈 · 홍유진
발행처 주식회사 열린책들 **주소** 경기도 파주시 문발로 253 파주출판도시
전화 031-955-4000 **팩스** 031-955-4004 **홈페이지** www.openbooks.co.kr

ISBN 978-89-329-2217-1 04810 **ISBN** 978-89-329-2209-6 (세트)
발행일 2022년 3월 25일 초간본 100주년 기념판 1쇄

초간본 간기(刊記) **인쇄** 쇼와(昭和) 14년 4월 20일 **발행** 쇼와 14년 5월 1일 **정가** 1원 40전 우료(郵料) 9전 **저작자** 김상용(경성부 행촌정 210-2) **발행자** 김연만(경성부 종로 한청비루[빌딩] 문장사) **인쇄자** 김용규(경성부 견지정 111) **인쇄소** 대동출판사(경성부 견지정 111) **발행소** 문장사(경성 종로2 한청비루 내) 진체(振替) 경성 25070번